日本の詩

せんそう・へいわ

遠藤豊吉 編・著

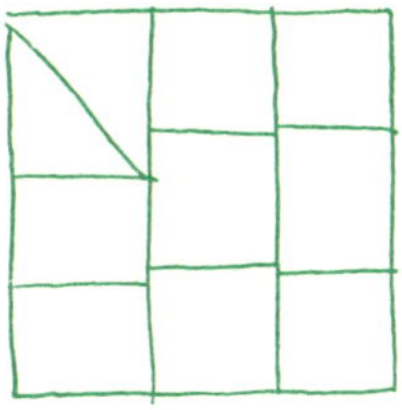

小峰書店

戦争をうたった詩が〈美〉として結晶《けっしょう》しているということ、そしてそれを読んで心の底に感動をおぼえるということは、人間としてひどくかなしいことだ。

だが、現実にたしかなかたちのものとしてそれがある以上、わたしたちはそのかなしみに耐《た》えて、なぜ〈美〉の創造《そうぞう》にいのちかける詩人たちが、戦争という醜悪《しゅうあく》の極《きょく》点《てん》にその心を立たせなければならなかったかを、静かにさぐってみなければならぬ。

戦争に深く傷つき、戦後おとずれた平和によってもその傷をいやすことのできなかった、いわゆる戦中派世代のわたしの、いまの世に生きる思いが、この一冊にはこもっている。

遠藤豊吉

日本の詩＝10

せんそう・へいわ

装幀・画＝早川良雄

仮《かり》繃《ほう》帯《たい》所《じょ》にて

あなたたち
泣いても涙のでどころのない
わめいても言葉になる唇《くちびる》のない
もがこうにもつかむ手指の皮膚《ひふ》のない
あなたたち

血とあぶら汗と淋巴《リンパ》液《えき》とにまみれた四肢《しし》をばたつかせ
糸のように塞《ふさ》いだ眼をしろく光らせ
あおぶくれた腹にわずかに下着のゴム紐《ひも》だけをとどめ
恥しいところさえはじることをできなくさせられたあな

たたちが
ああみんなさきほどまでは愛らしい
女学生だったことを
たれがほんとうと思えよう

焼け爛《ただ》れたヒロシマの
うす暗くゆらめく焰《ほのお》のなかから
あなたでなくなったあなたたちが
つぎつぎととび出し這《は》い出し
この草地にたどりついて
ちりちりのラカン頭を苦悶《くもん》の埃《ほこり》に埋める
何故《なぜ》こんな目に遭《あ》わねばならぬのか
なぜこんなめにあわねばならぬのか

何の為に
なんのために
そしてあなたたちは
すでに自分がどんなすがたで
にんげんから遠いものにされはてて
しまっているかを知らない

ただ思っている
あなたたちはおもっている
今朝がたまでの父を母を弟を妹を
（いま逢《あ》ったってたれがあなたとしりえよう）
そして眠り起きごはんをたべた家のことを
（一瞬に垣根の花はちぎれいまは灰の跡さえわからない）

おもっているおもっている
つぎつぎと動かなくなる同類のあいだにはさまって
おもっている
かつて娘だった
にんげんのむすめだった日を

峠　三　吉（とうげ　さんきち）一九一七～一九五三
「原爆詩集」より。著書「峠三吉作品集」（上・下）

＊

〔編者の言葉〕「原爆《げんばく》ドームを背景《はいけい》に、記念写真をとりましょう。シャッターをおしてあげます。」

朝から市内各所を案内してくれていたその人はいった。せっかくの親切心からとはわかっていても、おおぜいの観光客《かんこうきゃく》が写真をとっているなかで、おれだけは観光写真《かんこうしゃしん》の被写体《ひしゃたい》にはなりたくないという思いから「いいや、けっこうです」と、ことわった。

この町を一瞬《いっしゅん》のうちに焼きつくした一九四五年八

月六日、わたしは特攻隊《とっこうたい》の基地《きち》にいた。これまでに類例のない爆弾《ばくだん》だという情報はすぐはいってきた。それまでのわたしは、どうせ特攻隊員《とっこうたいいん》だ、いつか敵《てき》の軍艦《ぐんかん》に体当りして死ぬんだから、命なんかおしくあるもんか、とふてくされ、空襲警報《くうしゅうけいほう》がなっても防《ぼう》空壕《くうごう》にはいかず、ベッドでふてねしていた。

　ところが、広島のニュースがつたわってからは、まるでちがった人間になっていた。サイレンの音を耳にすると、バネじかけの人形のようにはねおき、身じたくもそこそこに防空壕にかけこむようになっていたのだ。そして、暗い壕《ごう》のなかで、自分のインチキさ、醜悪《しゅうあく》さにうちのめされていた。

　広島とは、わたしにとって、いったい何だったのだろう。それを考えつづける過程《かてい》が、そのままわたしの〈戦後〉だった。

　――「いや、けっこうです」とことわると、その人は「そうですか、じゃ、やめましょう」と、しずかにうなずいた。はじめておとずれた広島の町を、いっしょに歩いてくれたその人も被爆者《ひばくしゃ》だった。

野うさぎ

そんなにむごい殺されかたで
野うさぎよ！　おまえは
殺された
山中の豆畑のけちくさい縄張《なわば》りを自由なおまえが越えた
　からか？
アメリカ製のあの残忍な跳ね罠《ジャンプ・トラップ》がおまえにとびついた
　とき
おまえは自分がわるかったと思ったか？
片足を罠《わな》にくいつかれたままどんなにそのいやしい仕掛
　とたたかったか？

罠は離れはしなかった
長い耳を降服の旗のように垂《た》れて
おまえはけれどもその朝まで生きていた
鉈《なた》を持ったにんげんがやってきて
おまえを助け出すかわりにおまえの顔や胸をいきなりひどく
それからあとのことはおまえの知らないことだ
おまえは血だらけで木につるされて毛皮をはがれ
肉はこまかくきざまれて鍋《なべ》に入った
わたしがいまもくるしむのは
野うさぎよ！
おまえの殺されかたをだまって見ていたことだ
あのアメリカ製の罠やあの鉈に抗議もせずにいたことだ
おまえのその肉をわたしもじつは食ったことだ

しかもうまいうまいなどとおまえの敵たちに追従《ついしょう》わらい
をしながら
おまえを食ってしまったそのことだ

鳥見 迅彦（とみ はやひこ）一九一〇〜一九九〇
「けものみち」より。詩集「けものみち」「なだれみち」

＊

〈編者の言葉〉 敗戦後、アメリカ軍が上陸したとき、日本人があまりにおとなしく、愛想《あいそう》がいいのに驚いた、という話がある。話の真偽《しんぎ》はわからないが、たとえ作り話にしても、それには真実味があった。

当時の学校では、昨日まで大東亜《だいとうあ》戦争《せんそう》が聖戦《せいせん》であることを熱っぽく説いていた教師が、アメリカ賛美《さんび》、民主主義賛美をおなじ熱っぽさで語り、アメリカ軍を怒らせるようなことばを墨《すみ》でぬりつぶさせていたのだ。こんなことで〈戦争〉が消えると思ったかどうかわからないが、事実として、教師《きょうし》における〈戦後〉はそんなみじめな風景からはじまったのだ。

君死にたまふことなかれ

（旅順《りよじゆん》の攻囲軍《こういぐん》にある弟宗七を歎《なげ》きて）

ああ、弟よ、君を泣く、
君死にたまふ《(もう)》ことなかれ。
末に生れし君なれば
親のなさけは勝《まさ》りしも、
親は刃《やいば》をにぎらせて
人を殺せと教へ《(え)》しや、
人を殺して死ねよとて
廿四までを育てしや。

堺《さかい》の街《まち》のあきびとの

老舗《しにせ》を誇《ほこ》るあるじにて、
親の名を継《つ》ぐ君なれば、
君死にたまふことなかれ。
旅順の城はほろぶとも、
ほろびずとても、何事ぞ、
君は知らじな、あきびとの
家の習ひ《(い)》に無きことを。

君死にたまふことなかれ。
すめらみことは、戦ひ《(い)》に
おほ《(お)》みづからは出でませね、
互《かたみ》に人の血を流し、
獣《けもの》の道に死ねよとは、
死ぬるを人の誉《ほまれ》とは、

おほみこころの深ければ
もとより如何《いか》で思《おぼ》されん。

ああ、弟よ、戦ひに
君死にたまふことなかれ。
過ぎにし秋を父君に
おくれたまへ《え》る母君は、
歎《なげ》きのなかに、いたましく、
我子を召され、家を守《も》り、
安しと聞ける大御代も
母の白髪《しらが》は増《ま》さりゆく。

暖簾《のれん》のかげに伏して泣く
あえかに若き新妻《にいづま》を

君忘るるや、思へ《（え）》るや。
十月《とつき》も添は《（わ）》で別れたる
少女《おとめ》ごころを思ひ《（い）》みよ。
この世ひとりの君ならで
ああまた誰を頼《たの》むべき。
君死にたまふことなかれ。

与謝野　晶子（よさの　あきこ）一八七八～一九四二
「晶子詩篇全集」より。著書「與謝野晶子全集」他

*

〔編者の言葉〕　満九歳の冬、生母が死に、二年後、継母《けいぼ》がきた。継母ハナは貧しい農家の娘で、学校にもほとんど通わせてもらえず、カナ文字一つ読み書きできないままおとなになり、母親になった。
　後年、特攻隊員《とっこうたいいん》となったわたしは、継母から手紙をうけとる。粗末《そまつ》なワラ半紙に「とよちゃんのすきなザクロのはなが、ことしも、にわにさいた。……

しおざわのいえから、もちごめをもらってきて、ぼたもちをつくってくったら、うまかった」とある。

継母《けいぼ》になぜ文字が書けるようになったのか、そして、このたあいのない内容はなになのか、わたしにはふしぎでならなかった。

戦後、心も体もぼろぼろになって帰郷《ききょう》したわたしは、近所の人にそのわけを聞かされる。継母は、わたしが特攻隊員《とっこうたいいん》になったことを、どこからか聞きつけると「豊ちゃんを死なせたくない」という必死の思いを伝えるため、米一升、アズキ五合を月謝《げっしゃ》にして字を習ったのだという。まさに四十の手習い。

さて、書く段になり「死なずに帰ってほしい」と書いて、検閲《けんえつ》にでもひっかかるとたいへんだと教えられ、わたしの心を故郷《こきょう》にひきもどすようなことばを書きつらね、手紙の内容としたのだった。

わたしは、この話を聞いて、どんな時代でも変わらぬ〝愛するものをどんな名目でも殺したくない〟という、女の願いを知ったのだった。

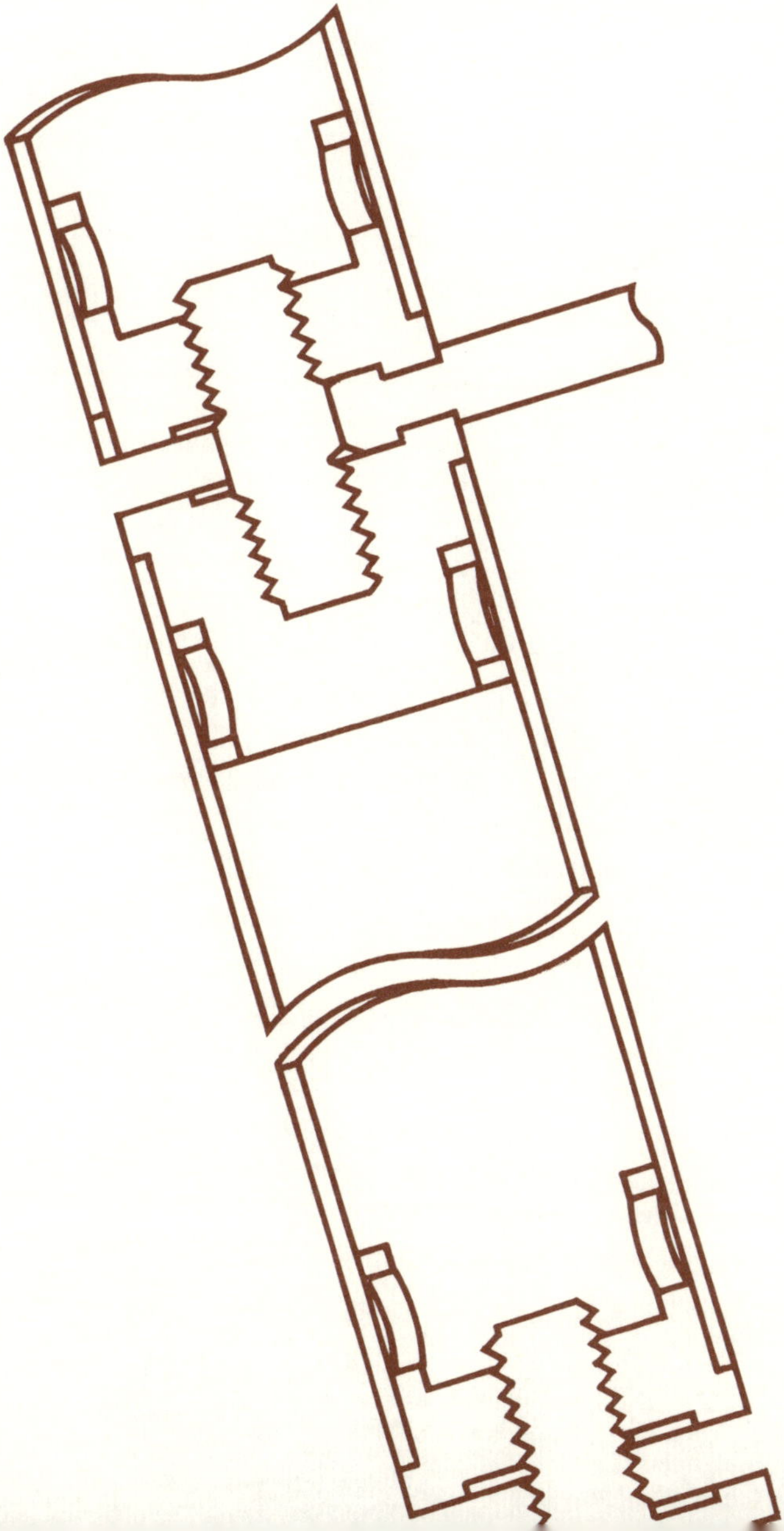

米

この
雨に濡《ぬ》れた鉄道線路に
散らばった米を拾《ひろ》ってくれたまえ
これはバクダンといわれて
汽車の窓から駅近くなって放り出された米袋だ
その米袋からこぼれ出た米だ
このレールの上に　レールの傍《そば》に
雨に打たれ　散らばった米を拾ってくれたまえ
そしてさっき汽車の外へ　荒々しく
曳《ひ》かれていったかつぎやの女を連れてきてくれたまえ

どうして夫が戦争に引き出され　殺され
どうして貯《たくわ》えもなく残された子供らを育て
どうして命をつないできたかを　たずねてくれたまえ
そしてその子供らは
こんな白い米を腹《はら》一杯《いっぱい》喰《く》ったことがあったかどうかをた
　ずねてくれたまえ
自分に恥じないしずかな言葉でたずねてくれたまえ
雨と泥《どろ》の中でじっとひかっている
このむざんに散らばったものは
愚直《ぐちょく》で貧乏な日本の百姓の辛抱《しんぼう》がこしらえた米だ
この美しい米を拾ってくれたまえ
何も云《い》わず
一粒《つぶ》ずつ拾ってくれたまえ。

天野　忠（あまの　ただし）一九〇九〜一九九三

「単純な生涯」より。詩集「天野忠詩集」他

＊

〔編者の言葉〕　兵隊《へいたい》から帰った秋、いなかの村の教《きょう》師《し》になった。受けもった学級は六年生五十人の男女合併組《がっぺいぐみ》。そのうち約半数は父を戦争で失っており、残りのさらに半分は、父が生きているらしいが、どこにいるか不明という、かなしい学級だった。

この組のなかに、さらにかなしく疎開《そかい》の子どもたちがいた。かれらは農家の子どもでないために、文字どおり明日食う米にもこまっていた。母親が、着物と米の交換《こうかん》に成功したつぎの日は弁当を持ってくることができたけれども、たいていの場合、手ぶらで登校し、昼食時は農家の子が米のめしを食うのを遠く横目で見ながら、ブランコに乗って時間をつぶしていた。農家の出でないわたしもおなじだった。

一枚一枚着物をはいでそれを米にかえ、その日その日を食いつなぐ生活——それをタケノコ生活といった。

水ヲ下サイ

水ヲ下サイ
アア　水ヲ下サイ
ノマシテ下サイ
死ンダハ《(ホ)》ウガ　マシデ
死ンダハウガ
アア
タスケテ　タスケテ
水ヲ
水ヲ
ドウカ

ドナタカ
オーオーオーオー
オーオーオーオー

天ガ裂《サ》ケ
街《マチ》ガ無クナリ
川ガ
ナガレテヰ《（イ）》ル
オーオーオーオー
オーオーオーオー

夜ガクル
夜ガクル
ヒカラビタ眼ニ

タダレタ唇《クチビル》ニ
ヒリヒリ灼《ヤ》ケテ
フラフラノ
コノ　メチャクチャノ
顔ノ
ニンゲンノウメキ
ニンゲンノ

原　民　喜（はら　たみき）一九〇五～一九五一
「原民喜詩集」より。著書「夏の花」「焔」「原民喜作品集」

＊

〔編者の言葉〕「それは幽霊《ゆうれい》の行列。

一瞬《いっしゅん》にして着物は燃え落ち、手や顔や胸はふくれむらさき色の水ぶくれはやがて破れて、皮膚《ひふ》はぼろのようにたれさがった。

手をなかばあげてそれは幽霊の行列。

破れた皮を引きながら力つきて人々は倒れ、重なりあってうめき、死んでいったのでありました。」

丸木《まるき》美術館《びじゅつかん》からだされている写真集『原爆《げんばく》の図』の第一部〝幽霊《ゆうれい》〟の冒頭《ぼうとう》に書かれたことばである。

第一部〝幽霊〟、第二部〝火〟、第三部〝水〟、第四部〝虹《にじ》〟……とページをくっていくうちに、写真として再現された絵の背後から、わたしの過去がうかびあがってくるのだった。

――一九五一年であったと思う。わたしは、丸木《まるき》夫妻《ふさい》の肉筆《にくひつ》になる『原爆の図』の原画を、当時教師《きょうし》をしていた福島の地で見たのだった。原画の前に立って、わたしは時間のたつのを忘れていた。心と体がいっしょにはげしく痛み、わたしはその痛みで動けなかった。そのとき、わたしは一九四五年八月六日のヒロシマにいたのだ、と思う。

美術という技で追いもとめる〈美〉とはいったい何なのか。『原爆の図』を前にして、二十六歳《さい》のわたしは深い迷路《めいろ》にはまりこんでいた。

挨拶《あいさつ》

原爆の写真によせて

あ、
この焼けただれた顔は
一九四五年八月六日
その時広島にいた人
二五万の焼けただれのひとつ

すでに此の世にないもの
とはいえ
友よ
向き合った互の顔を

も一度見直そう
戦火の跡もとどめぬ
すこやかな今日の顔
すがすがしい朝の顔を

その顔の中に明日の表情をさがすとき
私はりつぜんとするのだ

地球が原爆を数百個所持して
生と死のきわどい淵《ふち》を歩くとき
なぜそんなにも安らかに
あなたは美しいのか

しずかに耳を澄《す》ませ

何かが近づいてきはしないか
見きわめなければならないものは目の前に
えり分けなければならないものは
手の中にある
午前八時一五分は
毎朝やってくる

一九四五年八月六日の朝
一瞬にして死んだ二五万人の人すべて
いま在《あ》る
あなたの如く　私の如く
やすらかに　美しく　油断していた。

石垣　りん（いしがき　りん）一九二〇〜二〇〇四
「私の前にある鍋とお釜と燃える火と」より。「表札など」他

＊

〔編者の言葉〕「……数千フィートの上空まで吹きあげられたきのこ雲は、雲をよび、やがて大粒の雨となって、晴天のまっただなかに降りそそいだのでありました。そして暗黒の空に虹《にじ》が出ました。七彩の虹がさんさんとかがやいていたのでありました。」

丸木《まるき》位里《いり》、俊《とし》夫妻《ふさい》の『原爆の図』第四部〝虹《にじ》〟にそえられていることばである。ここにもおびただしい数の人間がいて「わたしたちを、どうしてくれるの！」と、すでに絶えてしまった命であるのに、その体のおくからはっきり声をだしてさけんでいる。『原爆の図』における〈美〉とはいったい何なのだろう。わたしはまだそのことを考えつづけていた。

巡回展《じゅんかいてん》の一日が終わり、その夜わたしは丸木夫妻《まるきふさい》をかこむ懇談会《こんだんかい》に出席したのだが、ついにその疑問をだすことができず、ただ、俊画伯《としがはく》がえがいてくださったサクランボの色紙《しきし》をいただいて退席《たいせき》した。

雨の降る品川駅

辛《しん》よ　さようなら
金《きん》よ　さようなら
君らは雨の降る品川駅から乗車する

李《り》よ　さようなら
も一人の李よ　さようなら
君らは君らの父母《ちちはは》の国にかえる

君らの国の河はさむい冬に凍る
君らの反逆《はんぎやく》する心はわかれの一瞬に凍る

海は夕ぐれのなかに海鳴りの声をたかめる
鳩《はと》は雨にぬれて車庫の屋根からまいおりる

君らは雨にぬれて君らを追う日本天皇を思い出す
君らは雨にぬれて　髯《ひげ》　眼鏡《めがね》　猫背《ねこぜ》の彼を思い出す

ふりしぶく雨のなかに緑のシグナルはあがる
ふりしぶく雨のなかに君らの瞳《ひとみ》はとがる

雨は敷石にそそぎ暗い海面におちかかる
雨は君らの熱い頬《ほほ》にきえる

君らのくろい影は改札口をよぎる

君らの白いモスソは歩廊《ほろう》の闇《やみ》にひるがえる
シグナルは色をかえる
君らは乗りこむ

君らは出発する
君らは去る

さようなら　辛
さようなら　金
さようなら　李
さようなら　女の李

行ってあのかたい　厚い　なめらかな氷をたたきわれ

ながく堰《せ》かれていた水をしてほとばしらしめよ
日本プロレタリアートのうしろ盾《だて》まえ盾
さようなら
報復《ほうふく》の歓喜《かんき》に泣きわらう日まで

中野重治（なかの　しげはる）一九〇二〜一九七九
「中野重治詩集」より。著書「中野重治全集」「梨の花」他

＊

〔編者の言葉〕　小学校五年生のときである。近所に金在善《きんざいぜん》という異国の少年の一家が引っこしてきた。彼は無口な少年だった。が、わたしとの間には暖かい感情が流れるようになっていった。わたしは、かれとすごす時間がとても楽しかった。だが、二人の間にとつぜん深いひびがはいる。原因はわたしの側《がわ》にあった。

それは暑い夏の日だった。金在善《きんざいぜん》の家のまえを通りかかると、彼が玄関《げんかん》の柱にむかってなにかごそごそやっている姿が目にはいった。呼びかけても返事

もしない。ちかよってみると、彼は柱にはられた銅《どう》製《せい》の番地札をはがそうとしていたのである。

「金君、どうしてそんなことをするんだ。古物屋にでも売るつもりか！」なぜそんな激しいことばがでたのか自分でもわからない。「それはな、日本の家には、みんなついているものなんだ。きみにはわからないかもしれないが。」

とたんに、金在善は、鋼《はがね》のような強さを感じさせる力で、二度三度とわたしに体をぶつけてきた。わたしは背後を流れる下水溝《げすいこう》にころがりおちた。

「ばかやろう！」ドブのなかからわたしはどなった。かれは、それ以上せめてこなかった。奇妙な静けさが流れた。金在善は、下水溝のそばにつったって、わたしを見下しながら泣いていたのである。

「ばかやろう！」わたしは、ドブのなかで泣きながら、もう一度さけんだ。

金在善の一家は、そのできごとがあった日からほどなくして、町からきえた。

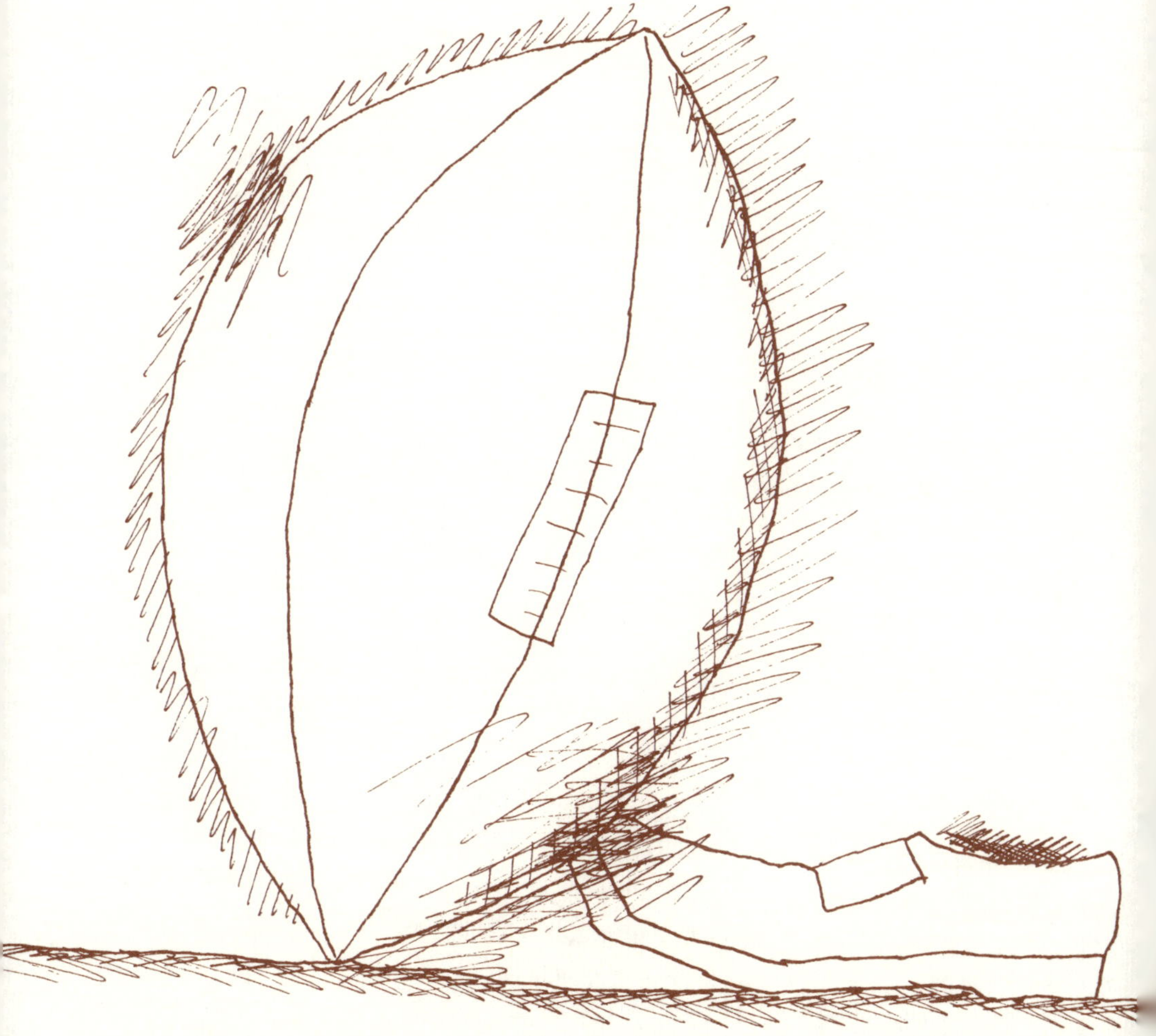

母よ誰が

母よ
誰があなたの頬《ほほ》から美しい輝きを奪い
あなたのしなやかな指を刷毛《はけ》のように荒らしてしまった
のか
母よ
誰があなたの澄《す》んだ湖水から静かさを奪ってしまったの
か
僕《ぼく》は問い
幾度となく僕に問い
徒《いたずら》に昨日も同じ問いを問うたことを思い出し

壁を眺《なが》め
そして壁を眺めるのみである

戦争は父や息子や兄弟を
妻や母や妹の手からもぎとった
木の実のようにもがれた男達が
次々に船艙《せんそう》をみたし
海の彼方《かなた》へ送られていった
故国をはなれ
五年の間椰子油《やしゆ》と黒砂糖と石油の臭いのなかで
僕は暮していたのである
故郷が戦火に焼かれ
故郷が死んだ人の臭いであふれている時にも
僕は南十字星のかがやく空の下で

暮していたのである

母よ
その時あなたの傍《そば》で
どんなに激しく火が燃え上ったか
その時あなたの傍で
どんなに烈《はげ》しく爆弾が炸裂《さくれつ》したか
僕は万里の海の彼方《かなた》で
しょせん叶《かな》わぬ思いと
ひそかに星を眺めていたのである
母よ髪《かみ》は白く
栄養失調に肌は黄ばみ
ひとりの見知らぬ老婦のように
あなたはそこに生きていたのだった

故郷に
母よ
再び逢《あ》うために
僕らは何を賭《か》けねばならなかったのか

僕は問い
幾度となく僕に問い
壁を眺め
ああ
明日もまた僕が僕に問うことを思うのである

黒田 三郎（くろだ　さぶろう）一九一九～一九八〇
「時代の囚人」より。詩集「定本黒田三郎詩集」他

＊

〔編者の言葉〕　わたしの継母《けいぼ》の長姉《ちょうし》には、無口で働き者の夫との間にもうけた四人の男の子がいた。こ

の四人は日中戦争から太平洋戦争にかけての八年間に、みな二十歳《さい》をむかえ、とうぜんのことのように兵隊《へいたい》にとられた。そして、四人の子どもは、ついにひとりも帰ってくることがなかった。

しかし、気丈《きじょう》な伯母《おば》は弔問《ちょうもん》におとずれた客の前では、けっしてかなしい顔を見せず、むしろ、大声でじょうだんをとばし、うちしずんでいる客の心をひきたてるようなふるまいを見せていた。

三男の遺骨《いこつ》が帰ってきた通夜《つや》の夜、わたしは翌日《よくじつ》の葬式《そうしき》の手伝いのため、伯母の家にとまった。眠ってから何時間くらいたったろう。隣室《りんしつ》の異様《いよう》な気配に、ふと目をさました。しょうじのすきまから見ると、伯母は声を殺して泣いているのだった。仏壇《ぶつだん》を見ると、白木の箱がない。「骨《ほね》をだいて泣いているんだ」かけぶとんのふくらみぐあいから、わたしはとっさにそう思った。

うめくように、声を殺して泣く伯母の姿のなかに日本の女の悲しさを見たようで、わたしはそのあと空が白むまで眠りにはいることができなかった。

わたしが一番きれいだったとき

わたしが一番きれいだったとき
街々《まち》はがらがら崩《くず》れていって
とんでもないところから
青空なんかが見えたりした

わたしが一番きれいだったとき
まわりの人達が沢山死んだ
工場で　海で　名もない島で
わたしはおしゃれのきっかけを落してしまった

わたしが一番きれいだったとき
だれもやさしい贈物を捧《ささ》げてはくれなかった
男たちは挙手《きょしゅ》の礼しか知らなくて
きれいな眼差《まなざし》だけを残し皆発《た》っていった

わたしが一番きれいだったとき
わたしの頭はからっぽで
わたしの心はかたくなで
手足ばかりが栗《くり》色に光った

わたしが一番きれいだったとき
わたしの国は戦争で負けた
そんな馬鹿《ばか》なことってあるものか
ブラウスの腕をまくり卑屈《ひくつ》な町をのし歩いた

わたしが一番きれいだったとき
ラジオからはジャズが溢《あふ》れた
禁煙を破ったときのようにくらくらしながら
わたしは異国の甘い音楽をむさぼった

わたしが一番きれいだったとき
わたしはとてもふしあわせ
わたしはとてもとんちんかん
わたしはめっぽうさびしかった

だから決めた　できれば長生きすることに
年とってから凄《すご》く美しい絵を描いた
フランスのルオー爺《じい》さんのように
ね

茨木　のり子（いばらぎ　のりこ）一九二六〜二〇〇六
「見えない配達夫」より。詩集「対話」「人名詩集」他

＊

〔編者の言葉〕　荒川の中州に作られた特攻基地《とっこうきち》にも夏がき、戦局は終局へとむかっていた。ある日、わたしたち特攻隊員に慰問《いもん》の小包が配られた。包みをひらくと、でてきたのは血ぞめのはちまきに、和紙に血で書かれた短歌二首。思わず背すじが凍《こお》った。

わだつみの　はるけきはてに　雲裂《さ》きて
　きみ猛《た》けくゆけ　みいくさのいま
ますらおの　飛び立ちゆきし　空に哭《な》き
　おやぐにを思ふ　おとめのわれは

これを見て、わたしは悲しくなり、悲しみはやがて憤《いきどお》りにかわった。戦争はこの女学生にも関係あるにはちがいないが、このような形で表現されるものではない、という思いが暗い胸の底でたぎった。

わたしは手紙を書いた。美しくあるために、二度と指を傷つけてはならないと。返事はなかった。

帰郷

南方から戦ひ《(い)》敗《やぶ》れて帰った人は
若くしてすでに翁《おきな》めいてゐ《(い)》た
一日　山の湖に来て
うす紫に澄《す》んだ水に足をひたした
その水の冷たさ　彼の脳天《のうてん》にしみ心にしみた
親しげに燕《つばめ》らは　彼の肩先をめぐって翔《かけ》った
壜《びん》を割るやうなさけびをたてて
白い滝のやうに彼の頭髪は風にを《(お)》どった
夢みるや《(よ)》うに　山湖は暮れた

燕らはいつの日
山稜《さんりょう》を越えて
南に還《かえ》る

阪本 越郎（さかもと　えつろう）一九〇六～一九六九
「海辺旅情」より。詩集「雪の衣裳」「貝殻の墓」他

＊

〔編者の言葉〕　戦争が終わり、自由になったといわれても、わたしは〈戦後〉をどうとらえてよいかわからなかった。そんな人間三、四人で近くの神社を借り、無精《ぶしょう》な共同生活をはじめた。

こんな生活も、父親の病気によって終わりをつげ、わたしはいなかにもどって、村の小学校の教師《きょうし》になる。しかし、教師の世界はひどくつまらなかった。ついせんだってまで「撃《う》ちてしやまん」と言っていた教師たちのほとんどが、生まれつきの民主主義者のような明るい顔つきで、アメリカ賛美《さんび》と日本軍の悪口をいっていた。わたしの教師生活はそんな「戦後民主主義」への疑いからはじまったようだ。

友

どうしてこんな解《わか》りきったことが
いままで思ひ《(い)》つかなかったら《(ろ)》う。
敗戦の祖国へ
君にはほかにどんな帰り方もなかったのだ。
――海峡の底を歩いて帰る以外。

井上　靖（いのうえ　やすし）一九〇七～一九九一
「北国」より。詩集「地中海」「運河」「季節」。小説多数。

＊

〔編者の言葉〕　一九三九年春、教師《きょうし》を養成することを目的とした、福島市にある師範《しはん》学校に入学した。日中戦争が泥沼《どろぬま》にはいりこんでいたときである。

いっしょに入学した同級生四十人。そのなかに、K君という、芝居《しばい》の女形《おやま》にしたいような、眉目秀麗《びもくしゅうれい》の美少年がいた。師範学校といっても、まるで軍隊《ぐんたい》の予備校のようになっている、こんな野蛮《やばん》なところに、役者のような美少年がいつまでいられるんだろうか、とわたしは不安に思うことがあった。

不幸にもこの予感はあたって、かれは三年ほどして学校から消えた。

二年ほどたって、K君は東京の調布《ちょうふ》にある飛行場で、花形戦闘機《せんとうき》〝飛燕《ひえん》〟にのっているといううわさがきこえてきた。みんな一様に驚き、そして、こんどこそいつまでも無事で、と祈ったのだった。

が、ほどなくかれは、戦争映画の空中戦でドラマチックに死ぬスターの運命さながらに、フィリピン上空の空中戦で二十歳《さい》の命をとじるのである。

あれから三十余年、かれの墓石《はかいし》は苔《こけ》むしているであろうけれども、わたしの胸の奥のK君は、いつまでも十代の美少年のままなのである。

鮪《まぐろ》に鰯《いわし》

鮪《まぐろ》の刺身《さしみ》を食いたくなったと
人間みたいなことを女房が言った
言われてみるとついぼくも人間めいて
鮪の刺身を夢みかけるのだが
死んでもよければ勝手に食えと
ぼくは腹だちまぎれに言ったのだ
女房はぷいと横むいてしまったのだが
亭主も女房も互に鮪なのであって
地球の上はみんな鮪なのだ
鮪は原爆を憎み

水爆にはまた脅《おび》やかされて
腹立ちまぎれに現代を生きているのだ
ある日ぼくは食膳《しょくぜん》をのぞいて
ビキニの灰をかぶっていると言った
女房は箸《はし》を逆《さか》さに持ちかえると
焦《こ》げた鰯《いわし》のその頭をこづいて
火鉢《ひばち》の灰だとつぶやいたのだ

山之口　貘（やまのくち　ばく）一九〇三～一九六三
「鮪に鰯」より。著書「山之口貘全集」「山之口貘全詩集」他

＊

〔編者の言葉〕　一九四七年、新憲法、教育基本法が施行《しこう》され、戦争の放棄《ほうき》や主権在民を説いたといっても、自分の内部の戦争が終わっていず、なぜ、いま自分が生き残っているのか、はっきりとした解釈《かいしゃく》がしきれずにいるわたしには、無縁《むえん》に近いものだった。

ところが、そんなわたしが、いやでも新憲法と教育基本法の存在を意識しなければならぬ事態《じたい》がある日発生する。一九五〇年六月の朝鮮戦争《ちょうせんせんそう》である。

この戦争はまる三年つづくのだが、その間、日本の国土から、毎日のように爆弾《ばくだん》をつんだ飛行機が飛び立っていたのだ。民主主義と人権擁護《じんけんようご》の名で新しい憲法を作った支配層は、その憲法の下、世界平和の名で新しい戦争をはじめ、その体制のなかに日本の庶民《しょみん》を組みこんでいったのだ。こいつらはなにをしでかすかわからない、しんじつそう思った。そう思ったとき、わたしの内部にくすぶり続けていた古い戦争が終わった。

わたしの予感はあたった。一九五三年四月、ビキニ環礁《かんしょう》でおこなわれた水爆実験《すいばくじっけん》によって、ひとりの日本人漁夫《ぎょふ》が死に、多くの人が核《かく》の恐怖《きょうふ》におののいたとき、アメリカと日本の支配層は美しいことばでその犯罪《はんざい》を正当化した。わたしは、庶民の住む地べたから、こいつらの使う美しいことばを撃《う》たねばならない、と思うのだった。

戦争

千度も僕《ぼく》は考へ《え》こんだ。
一億とよばれる抵抗のなかで
「なにが戦争なのだら《ろ》う？」

戦争とは、たえまなく血が流れ出ることだ。
そのながれた血が、むなしく
地にすひ《い》こまれてしまふ《う》ことだ。
僕のしらないあひ《い》だに。僕の血のつゞきが。

敵も、味方もおなじや《よ》うに、

「かたなければ。」と必死になることだ。
鉄びんや、橋のらんかんもつぶして
大砲や、軍艦に鋳直《いなお》されることだ。

反省したり、味ったりするのは止めて
瓦《かわら》を作るやうに型にはめて、人間を戦力としておくりだ
すことだ。
十九の子供も。
五十の父親も。

十九の子供も
五十の父親も
一つの命令に服従して、
左をむき

右をむき
一つの標的《ひょうてき》にひき金をひく。

敵の父親や
敵の子供については
考へる必要は毛頭《もうとう》ない。
それは、敵なのだから。

そして、戦争が考へるところによると、
戦争よりこの世に立派なことはないのだ。
戦争より健全な行動はなく、
軍隊よりあかるい生活はなく、
また戦死より名誉なことはない。
子供よ。まことにうれしいぢ《（じ）》ゃないか。

互ひ《い》にこの戦争に生れあは《わ》せたことは。

十九の子供も
五十の父親も
おなじおしきせをきて
おなじ軍歌をうたって。

金子光晴（かねこ　みつはる）一八九五〜一九七五
「蛾」より。著書「金子光晴全集」「若葉のうた」他

＊

〔編者の言葉〕　あれは小学校二、三年生のころだったろうか。わたしの家の近くに、Aさんという歯医者さんがいた。Aさん夫婦《ふうふ》には三人の男の子がおり、わたしはその三人と、とてもなかよしだった。満州《まんしゅう》事変《じへん》（一九三一年）のあとだったから、町には暗いざわめきがながれていたが、わたしたち子どもの世界には、おだやかな、いい日がつづいていた。

そんなある日、Aさんはとつぜん、ほんとうにとつぜん警察《けいさつ》につれていかれたのだ。警察につれていかれる人は悪い人、という観念《かんねん》が子どものわたしにはあり、だからわたしは、温和《おんわ》で、子どものわたしにもやさしいことばをかけてくれるAさんの逮捕《たいほ》に立っている地面がさかれたような衝撃《しょうげき》をおぼえた。

「Aさんのおじさんは、ほんとうに悪い人なの？」わたしはある夜、そっと父親にたずねた。父親はしばらく考えていたが「悪い人じゃない」と、そうひとこといって、あとは口をつぐんだ。「それじゃ、警察はなぜおじさんをつれていったの？」ということばが、のどまできていたが、それを口にだすことができなかった。

「Aさんはアカだったんだそうだ」といううわさが町にながれた。一年ほどしてAさんはもどってきたが、いぜんとはまるで人がかわったように無口になっていた。

ひぐらしのうた

ひぐらしが鳴く　こちらの林で
鳴きやむと　むこうの森で
ひぐらしが鳴いている
子供のころのしりとりのように
おてだまのように
きのうまでは知らなかった家の
あすからはまたみ知らぬ人たちとなるかもしれぬ薄明の
　中で
ひぐらしをきいている

日本が世界を相手に戦っていた時代の
ひなびた町できいたひぐらし　その声を
やさしかった人のおもかげをひきよせて
その人を知るよしもない人たちと
一緒《いっしょ》になってきいている

この世のものではないような
むせびなきをきいている
むこうの森　こちらの林で
ひとつずつ鳴きやむ夜をきいている

そのはての沈黙の
雫《しずく》の音をきいている
無限につづくやみをへだてて

かえってこないこだまのような
うしなわれた声をきいている

敗戦にみだれた人の世の
もえのこされたひと夏の
むなしいはげしさ　そのなきがらを
心の廃墟《はいきよ》のくさむらに
みいだした時のふかいうつろが
さぐりようもない夜更《ふ》けのどこかで
ひびきあうのをきいている

金　井　直（かない　ちょく）一九二六〜一九九七
「Ego」より。詩集「非望」「飢渇」「疑惑」「昆虫詩集」他

＊

〔編者の言葉〕　戦争も末期に近づいた一九四四年の

秋、わたしは岩手県和賀郡《わがぐん》の後藤野飛行場《ごとうのひこうじょう》にいた。ここで飛行機《ひこうき》乗《の》りの基礎訓練《きそくんれん》を受けていたのである。

月に一度か二度あたえられる休暇日《きゅうかび》、わたしはよく雑木林のなかをさまよい歩いた。林を出たところに、いつしか親しくなった農家があった。その家の女たちは、わたしがたずねると、そのつど、宝物のように貯蔵《ちょぞう》しておくモチ米をむして、ぼたもちをつくってくれた。

冬にはいって戦争の様相が急に悪化し、わたしたちはあわただしく新しい任地《にんち》に移ることになった。別れの夜、後藤野の野面にはぼた雪がふっていた。わたしたちの移動をどこで聞きつけたのか、何人かの農民たちが、藤根《ふじね》という小さな駅まで送ってくれた。列車は駅をはなれ、手をふって見送ってくれる農民たちのすがたは、すぐに雪のなかに消えた。

暗い夜の底を走る列車のなかで、わたしは、いま確実《かくじつ》に一つの〈愛〉を失ったのだ、と感じていた。

灰の水曜日

つひ《(い)》に太陽をとらへ《(え)》た
ああ　地球は破滅だ
不治のイカルス人間よ

ミサの書に栞《しおり》をしよう
かつて乙女《おとめ》の摘《つ》んだ
四葉のクローバもいまは押葉

ビキニの灰はもう積ってゐ《(い)》る
白い原稿紙の桝目《ますめ》に

朴《ほお》の瑞枝《みずえ》の山鳩《やまばと》の指紋《しもん》に
ああ　つひ(い)に亡び行くか　美しいもの人間
かつてその足あとに
おびただしいばらとすみれが咲いた！

堀口　大学（ほりぐち　だいがく）一八九二〜一九八一
「夕の虹」より。詩集「月光とピエロ」「砂の枕」他

＊

〈編者の言葉〉――若い漁夫《ぎょふ》がいる。若い主婦がいる。白いブラウスを着た女学生がいる。腹かけを一枚つけた男の子がおり、まっ裸の男の子がいる。年老いた漁師《りょうし》、老婆《ろうば》がいる。みんな砂浜にたって、黒くふくれあがった海を見つめている。人びとは待っているのだ。なにを？　第五福竜丸《ふくりゅうまる》を、だ。
一九五三年三月、アメリカがビキニ環礁《かんしょう》でおこなった水爆の実験は、焼津《やいづ》の漁船《ぎょせん》第五福竜丸に乗り組

んでいた日本人漁夫《ぎょふ》久保山《くぼやま》愛吉《あいきち》さんを殺し、他の乗組員たちにも原爆症《げんばくしょう》の恐怖《きょうふ》をもたらした。

丸木《まるき》位里《いり》、丸木《まるき》俊《とし》夫妻《ふさい》は〈戦後〉のなかでの〈戦争〉の悲劇《ひげき》を『原爆の図』第九部としてえがきあげたのだ。俊《とし》画伯《がはく》は、著書『幽霊《ゆうれい》』のなかでこういう。

「……わたしたちは、幾度か、焼津港《やいづこう》をたずねました。富士を背に、静かな入江の焼津港に、そんな不幸がおとずれたとも思えぬ、温暖《おんだん》な豊かな漁港でした。わたしたちは、さっそうとしたゴム長靴《ながぐつ》スタイルの女たちを、はげしい思いの母と子を描きました。魚河岸《うおがし》のいさましいにいさんに来ていただいて、はちまき姿の働く若者を描きました。……半分には富士と、太平洋を描きました。どうも落ちつきがわるいのです。……あとになってから、焼津に描きこんだ富士を消して、福竜丸を描きました。」

海の上に、空を飛ぶようなかっこうで、うっすらと第五福竜丸が描きこまれている。わたしは、その絵のなかに、母港《ぼこう》をわたしたちの心のなかに求めて航海《こうかい》する船の心を読んだのだった。

解説

遠藤豊吉

戦後十五年間、わたしはあの無気味《ぶきみ》な夢を見つづけ、戦争のおそろしさにふるえつづけてきた。

一日の仕事が終わって眠りにはいる。どれほどの時間がすぎていったかわからないが、突然、ほんとうに突然、眠っているはずのわたしの視野《しや》のなかに、まっ黒くぶあつい鉄の壁があらわれる。と、見るまに、その鉄の壁はわたしのほうへむかって落下しはじめ（いや、わたしのほうがそれにむかって落下しているのかもしれない）ぐんぐん距離をちぢめてくる。あ、衝突《しょうとつ》！　と思った瞬《しゅん》間《かん》、わたしは「ワアッ」と、けもののような叫《さけ》びをあげて、現実にもどるのだった。水をあびたように、冷たい汗が全身に噴《ふ》きだしている。

おれは、いま生きているんだろうか。それをたしかめるために、おそるおそるあたりを見まわす。さっき、からだを横たえたふとんがたしかにある。眠りにはいるとき頭をのせた枕《まくら》がたしかにある。さっきまで仕事をしていた机がたしかにあり、その上には、たしかにさっきまで握《にぎ》っていた万年筆がある。たしかに、さっきまで生きていた自分が、生きていた自分の眼で、それを現実のものとして認めた事物があるのだから、やっぱりおれは生きていたのだ。そうたしかめるまでの間、わたしは暗い夜の底で、ぶるぶるとふるえつづけているのだった。おれは、やっぱり、たしかに生きているのだ。そうはっきりわかったとき、深い安堵《あんど》と、同時に重い疲労感《ひろうかん》がくる。

そんな夢を、月にかならず一ぺん、そしてそれを十五年の間見つづけたのだった。まわりは平和のよろこびにいろどられていても、その夢を見つづけるかぎり、わたしはまだ「特別攻撃隊員《とくべつこうげきたいいん》」だった。

一九五〇年、朝鮮戦争《ちょうせんせんそう》がおこって、平和になったはずの日本から異国の爆撃機《ばくげきき》が飛び立ち、さらにその三年後、南の海のビキニ環礁《かんしょう》に水爆の灰がふって、日本人漁夫《ぎょふ》が死ぬ。ベトナムにはまだ凄惨《せいさん》な戦いがつづいており……。平和とは、いったい何だったのか。まわりに立ちこめる平和のなかで、まだ「特別攻撃隊員」でありつづけているわたしは、もう一度〈戦後〉のなかの戦争に目を凝《こ》らさねばならなくなる。

こうして、わたしの内側に〈戦後〉の歳月が重なる。戦争はもう遠い過去のものになった、と人はいい、わたしも、もうあの無気味な夢を見なくなった。が、わたしは「特別攻撃隊員」の恐怖《きょうふ》から、はたして完全に解放されたのだろうか。

わたしの好きな詩人の詩嚢《しのう》のなかから、まったくわがままにわたしの愛する詩を選びだし、それを十冊の本に編む。それは心おどる仕事ではあったが、けっしてたやすい仕事ではなかった。それはそうだろう、ことばにいのちをたくす詩人たちとの、ごまかしのきかない格闘《かくとう》であったわけだから。

　わたしは、いま、仕事をなしおえて、はげしい脱力感《だつりょくかん》におそわれている。それもあたりまえのことだ。詩人たちが、そのいのちをことばによって燃焼《ねんしょう》させたのと同じように、わたしもまた一編一編の詩に自分を燃焼させたのだったから。

　わたしは、いま、はげしい脱力感におそわれながら、しかしはげしい脱力感におそわれているからこそ意識できるはげしい生存感をよりどころにしつつ、なしおえた仕事をみつめなおしている。そしてわたしは、わたしの視野《しや》のずっと遠い地平に、まぼろしではけっしてない、わたしがこれから生きねばならぬ〈未来〉がうかんでいることを発見し、心をふるわせている。

　わたしに、こんなすばらしい仕事をさせてくださった詩人たちに、わたしは何といって感謝したらいいのだろう。そして、この十冊の本に、こんなにもすばらしい装幀《そうてい》・画をほどこしてくださった早川良雄先生にも、わたしは何とお礼を申し上げてよいかわからない。

　おしまいに、この本は、小峰書店編集部のみなさん、とくに千葉紀雄、千葉幹夫両氏の力なしにはとうていできなかったことを付記しておかなければならない。ほんとうにありがとうございました。

●編著者略歴

遠藤《えんどう》　豊吉《とよきち》

1924年福島県に生まれる。福島師範学校卒業。1944年いわゆる学徒動員により太平洋戦争に従軍，戦争末期特別攻撃隊員としての生活をおくる。敗戦によって復員。以後教師生活をつづける。新日本文学会会員，日本作文の会会員，雑誌『ひと』編集委員。1997年逝去。

新版　日本の詩・10　せんそう・へいわ　NDC911　63p　20cm

2016年11月7日　新版第1刷発行

編著者　遠藤　豊吉
発行者　小峰　紀雄
発行所　株式会社　小峰書店
〒162-0066 東京都新宿区市谷台町4-15
電話 03-3357-3521(代)
FAX 03-3357-1027
http://www.komineshoten.co.jp/

印　刷　株式会社三　秀　舎
組　版　株式会社タイプアンドたいぽ
製　本　小高製本工業株式会社

ISBN978-4-338-30710-9

本書は、1978年3月25日に発行された『日本の詩・10 せんそう・へいわ』を増補改訂したものです。